O Arqueiro

Outros títulos de Paulo Coelho:

Adultério
Aleph
O Alquimista
Brida
A bruxa de Portobello
O demônio e a srta. Prym
O diário de um mago
O dom supremo
A espiã
Hippie
Maktub
Manual do guerreiro da luz
Manuscrito encontrado em Accra
O Monte Cinco
Na margem do rio Piedra eu sentei e chorei
Onze minutos
Ser como o rio que flui
As Valkírias
O vencedor está só
Veronika decide morrer
O Zahir

"Ó Maria, concebida sem pecado, rogai por nós, que recorremos a Vós." Amém.

Paulo Coelho

O Arqueiro →

ilustrações Joana Lira

Copyright © 2003 by Paulo Coelho
http://paulocoelhoblog.com

Publicado mediante acordo com Sant Jordi Asociados Agencia Literaria SLU, Barcelona, Espanha.

Todos os direitos reservados.

A Editora Paralela é uma divisão da Editora Schwarcz S.A.

Grafia atualizada segundo o Acordo Ortográfico da Língua Portuguesa de 1990, que entrou em vigor no Brasil em 2009.

CAPA Alceu Chiesorin Nunes
ILUSTRAÇÕES DE CAPA E MIOLO Joana Lira
PREPARAÇÃO Silvia Massimini Felix
REVISÃO Valquíria Della Pozza e Eduardo Santos

Dados Internacionais de Catalogação na Publicação (CIP)
(Câmara Brasileira do Livro, SP, Brasil)

Coelho, Paulo
  O arqueiro / Paulo Coelho. — 1ª ed. — São Paulo : Paralela, 2023.

  ISBN 978-85-8439-306-0

  1. Ficção brasileira I. Título.

23-142628 CDD-B869.3

Índice para catálogo sistemático:
1. Ficção : Literatura brasileira B869.3

Cibele Maria Dias – Bibliotecária – CRB-8/9427

Todos os direitos desta edição reservados à
EDITORA SCHWARCZ S.A.
Rua Bandeira Paulista, 702, cj. 32
04532-002 — São Paulo — SP
Telefone: (11) 3707-3500
www.editoraparalela.com.br
atendimentoaoleitor@editoraparalela.com.br
facebook.com/editoraparalela
instagram.com/editoraparalela
twitter.com/editoraparalela

A Leonardo Oiticica, que certa
manhã me observou praticando
kyudo em Saint-Martin e me
deu a ideia para este livro.

Uma oração sem objetivo é como uma flecha sem arco;
Um objetivo sem oração é como um arco sem flecha.
Ella Wheeler Wilcox

Sumário

Os aliados, 29
O arco, 36
A flecha, 39
O alvo, 43
A postura, 50
Como segurar a flecha, 54
Como segurar o arco, 58
Como estender a corda, 62
Como olhar o alvo, 66
O momento de disparar, 70
A repetição, 73
Como observar o voo da flecha, 78
O arqueiro sem arco, sem flecha, sem alvo, 82

Agradecimentos, 92
Sobre o autor, 95

— Tetsuya.

O rapaz olhou espantado o estrangeiro.

— Ninguém nesta cidade viu Tetsuya segurando um arco — respondeu. — Todos sabemos que ele trabalha em carpintaria.

— Pode ser que tenha desistido, que tenha se acovardado, isso não me interessa — insistiu o estrangeiro. — Mas não pode ser considerado o melhor arqueiro do país, se já abandonou sua arte. E por isso viajei tantos dias: para desafiá-lo e para pôr um ponto-final em uma fama que ele já não merece ter.

O rapaz viu que não adiantava ficar discutindo: era melhor levá-lo até o carpinteiro para ver com seus próprios olhos que ele estava enganado.

Tetsuya estava trabalhando na oficina que ficava nos fundos de sua casa. Virou-se para ver quem chegava, e seu sorriso foi interrompido no meio. Os olhos se fixaram na longa sacola que o estrangeiro carregava consigo.

— É exatamente o que você está pensando — disse o recém-chegado. — Não vim aqui para humilhar nem provocar o homem que virou uma lenda. Apenas gostaria de provar que, com todos os meus anos de prática, consegui chegar à perfeição.

Tetsuya fez menção de voltar ao seu trabalho: estava terminando de instalar os pés de uma mesa.

— Um homem que serviu de exemplo para toda uma geração não pode desaparecer como o senhor desapareceu — continuou o estrangeiro. — Segui seus ensinamentos, procurei respeitar o caminho do arco, e mereço que me veja atirar. Se fizer isso, irei embora e não direi a ninguém onde se encontra o maior de todos os mestres.

O estrangeiro tirou de sua bagagem um arco longo, feito de bambu envernizado, com o punho situado um pouco abaixo do centro. Fez uma reverência para Tetsuya, caminhou até o jardim, e fez outra reverência para um lugar determinado. Em seguida, tirou uma flecha ornada com plumas de águia, abriu as pernas de modo a ter uma base sólida para atirar, com uma das mãos trouxe o arco até o rosto, com a outra ajustou a flecha.

O rapaz olhava com um misto de alegria e espanto. E Tetsuya tinha interrompido seu trabalho, olhando o estrangeiro com curiosidade.

O homem trouxe o arco — já com a flecha presa à corda — até o centro do peito. Levantou-o acima da cabeça e, à medida que abaixava as mãos, começou a abri-lo.

Quando chegou com a flecha à altura do rosto, o arco já estava completamente estendido. Por um momento que pareceu durar uma eternidade, arqueiro e arco permaneceram imóveis. O rapaz olhava para o local onde a flecha estava apontando, mas não via nada.

De repente, a mão da corda se abriu, o braço foi empurrado para trás, o arco descreveu um giro gracioso na outra mão e a flecha desapareceu de vista para tornar a aparecer ao longe.

— Vá pegá-la — disse Tetsuya.

O rapaz voltou com a flecha: ela havia atravessado uma cereja que estava caída no chão, a quarenta metros de distância.

Tetsuya fez uma reverência para o arqueiro, foi até um canto de sua carpintaria e pegou uma espécie de madeira fina, com curvas delicadas, envolta em uma longa tira de couro. Desenrolou a tira sem a menor pressa e apareceu um arco semelhante ao do estrangeiro — com a diferença de que parecia ter sido bastante mais usado.

— Não tenho flechas e precisarei de uma das suas. Farei o que me pede, mas você precisará manter a promessa que fez: jamais vai revelar o nome da aldeia onde vivo.

"Se alguém perguntar por mim, diga que foi ao fim do mundo tentando me encontrar, até descobrir que eu tinha sido picado por uma cobra e morrido dois dias depois."

O estrangeiro assentiu com a cabeça e estendeu uma de suas flechas.

Apoiando uma das extremidades do longo arco de bambu na parede e fazendo um considerável esforço, Tetsuya pôs a corda. Em seguida, sem dizer nada, saiu em direção às montanhas.

O estrangeiro e o rapaz o acompanharam. Caminharam por uma hora, até chegarem a uma fenda entre duas rochas, onde corria um rio caudaloso: o lugar só podia ser cruzado através de uma ponte de corda apodrecida, quase despencando.

Com toda a calma, Tetsuya foi até o meio da ponte — que balançava perigosamente —, fez uma reverência para algo do outro lado, armou o arco da mesma maneira como o estrangeiro havia feito, levantou-o, trouxe-o de volta ao peito e disparou.

O rapaz e o estrangeiro viram que um pêssego maduro, que estava a vinte metros do local, havia sido transpassado pela flecha.

— Você atingiu uma cereja, eu atingi um pêssego — disse Tetsuya, voltando para a segurança da margem. — A cereja é menor.

"Você atingiu seu alvo a quarenta metros, e o meu estava à metade dessa distância. Portanto, você tem condições de repetir o que fiz. Vá até o meio da ponte e faça a mesma coisa."

Aterrorizado, o estrangeiro caminhou até o meio da ponte semiapodrecida, mantendo os olhos fixos no despenhadeiro debaixo de seus pés. Fez os mesmos gestos rituais, disparou em direção à arvore de pêssegos, mas a flecha passou muito longe.

Ao voltar para a margem, seu rosto estava pálido.

— Você tem habilidade, tem dignidade e tem postura — disse Tetsuya. — Conhece bem a técnica e domina o instrumento, mas não domina sua mente.

"Sabe atirar quando todas as circunstâncias são favoráveis, mas se estiver em um terreno perigoso não consegue atingir o alvo. Nem sempre o arqueiro pode escolher seu campo de batalha, dessa forma você deve recomeçar o seu treinamento e estar preparado para situações desfavoráveis.

"Continue no caminho do arco, pois ele é o percurso de uma vida. Mas aprenda que um tiro correto e certeiro é muito diferente de um tiro com a paz na alma."

O estrangeiro mais uma vez fez uma longa reverência, enfiou seu arco e suas flechas na longa sacola que carregava ao ombro e partiu.

No caminho de volta, o rapaz estava exultante.

— Você o humilhou, Tetsuya! Você deve ser mesmo o melhor de todos!

— Não deveríamos julgar as pessoas sem antes aprender a ouvi-las e a respeitá-las. O estrangeiro era um homem bom: não me humilhou nem tentou provar que era melhor, embora desse a impressão de fazer isso. Queria mostrar sua arte e vê-la reconhecida, mesmo que parecesse me desafiar.

"Além do mais, faz parte do caminho do arco enfrentar de vez em quando algumas provas inesperadas, e foi justamente o que o estrangeiro me permitiu fazer hoje."

— Ele disse que você era o melhor de todos, e eu nem sabia que você era um mestre no tiro com arco. Se é assim, por que trabalha em uma carpintaria?

— Porque o caminho do arco serve para tudo, e o meu sonho era trabalhar com madeira. Além do mais, um arqueiro que segue esse caminho não precisa de arco nem de flecha nem de alvo.

— Nada de interessante acontece nesta aldeia, e de repente me dei conta de que estou diante de um mestre em uma arte pela qual ninguém se interessa mais — disse o rapaz, com os olhos brilhando. — O que é o caminho do arco? Você pode me ensinar?

— Ensinar não é difícil. Posso fazer isso em menos de uma hora, enquanto caminhamos de volta ao vilarejo. O difícil é praticar todos os dias, até conseguir a precisão necessária.

Os olhos do rapaz pareciam implorar por uma resposta positiva. Tetsuya andou em silêncio por quase quinze minutos e quando tornou a falar sua voz parecia mais jovem:

— Hoje estou contente: honrei o homem que, há muitos anos, salvou minha vida. Por esse motivo, eu lhe darei todas as regras necessárias, mas não posso fazer nada além disso: se você entender o que estou dizendo, poderá usar esses ensinamentos para o que desejar.

"Há poucos minutos, você me chamou de mestre. O que é um mestre? Pois eu lhe respondo: não é aquele que ensina algo, mas aquele que inspira o aluno a dar o melhor de si para descobrir um conhecimento que ele já tem em sua alma."

E, enquanto desciam a montanha, Tetsuya explicou o caminho do arco.

Os aliados

O arqueiro que não compartilha com os outros a alegria do arco e da flecha jamais vai conhecer as próprias qualidades e defeitos.

Portanto, antes de começar qualquer coisa, busque aliados — gente que se interessa pelo que você está fazendo.

Não digo: "Busque outros arqueiros". Digo: "Encontre pessoas com diferentes habilidades, porque o caminho do arco não é diferente de qualquer caminho seguido com entusiasmo".

Seus aliados não serão necessariamente aquelas pessoas para as quais todos olham e com quem se deslumbram, afirmando: "Não existe ninguém melhor". Muito pelo contrário: é gente que não tem medo de errar e que, portanto, erra. Por causa disso, nem sempre seu trabalho é reconhecido. Mas é esse tipo de pessoa que transforma o mundo, e depois de muitos erros consegue acertar algo que fará a diferença em sua comunidade.

São pessoas que não podem ficar esperando que as coisas aconteçam, para depois poderem decidir qual é a melhor atitude a tomar: elas decidem à medida que agem, mesmo sabendo que isso pode ser muito arriscado.

Conviver com essas pessoas é importante para um arqueiro, porque ele precisa entender que, antes de se postar diante do alvo, deve ser livre o bastante para mudar de direção à medida que traz a flecha para a frente do peito. Quando ele abre sua mão e solta a corda, deve dizer a si mesmo: "Enquanto abria o arco, percorri um longo caminho. Agora solto esta flecha com a consciência de que arrisquei o bastante, e dei o melhor de mim".

Os melhores aliados são aqueles que não pensam como os outros. Por isso, ao buscar companheiros para dividir com você o entusiasmo do tiro, acredite em sua intuição, e não ligue para os comentários alheios. As pessoas sempre julgam os outros tendo como modelo as próprias limitações — e às vezes a opinião da comunidade é cheia de preconceitos e de medos.

Junte-se a todos que experimentam, arriscam, caem, se machucam e tornam a arriscar. Afaste-se daqueles que afirmam verdades, criticam os que não pensam como eles, jamais deram um passo sem ter certeza de que seriam respeitados por isso e preferem ter certezas a ter dúvidas.

Junte-se aos que se expõem e não temem ser vulneráveis: esses entendem que as pessoas só podem melhorar quando olham o que seu próximo está fazendo, não para julgá-lo, mas para admirá-lo por sua dedicação e coragem.

Talvez você pense que atirar com o arco pode não interessar a um padeiro ou a um agricultor, mas eu lhe digo: eles colocarão o que viram naquilo que estão fazendo. Você também fará o mesmo: aprenderá com o bom padeiro como usar as mãos e como saber a exata mistura dos ingredientes. Aprenderá com o agricultor a ter paciência, a trabalhar duro, a respeitar as estações e a não blasfemar contra as tempestades — porque isso seria uma perda de tempo.

Junte-se aos que são flexíveis como a madeira de seu arco e entendem os sinais do caminho. São pessoas que não hesitam em mudar de curso quando descobrem uma barreira intransponível ou quando vislumbram uma oportunidade melhor. Essas são as qualidades da água: contornar rochas, adaptar-se ao curso do rio, às vezes se transformar em lago até que a depressão esteja cheia e possa continuar seu caminho, porque a água não esquece que o seu destino é o mar e que mais cedo ou mais tarde deverá chegar até ele.

Junte-se aos que jamais disseram: "Acabou, preciso parar por aqui". Porque assim como o inverno é seguido pela primavera, nada pode acabar: depois de atingir seu objetivo, é necessário recomeçar de novo, sempre usando tudo o que aprendeu no caminho.

Junte-se aos que cantam, contam histórias, desfrutam da vida e têm alegria nos olhos. Porque a alegria é contagiosa, e sempre consegue impedir que as pessoas se deixem paralisar pela depressão, pela solidão e pelas dificuldades.

Junte-se a todos que fazem o seu trabalho com entusiasmo. Mas para que você possa ser útil a eles como eles são úteis a você, é preciso saber quais são suas ferramentas e como poderá aperfeiçoar suas habilidades.

Portanto, é chegada a hora de conhecer seu arco, sua flecha, seu alvo e seu caminho.

O arco

O arco é a vida: dele vem toda a energia.

A flecha irá partir um dia.

O alvo está longe.

Mas o arco permanecerá sempre com você, e é preciso saber cuidar dele.

Ele precisa de períodos de inação — um arco que sempre está armado, em estado de tensão, perde sua potência. Portanto, deixe-o repousar, recuperar sua firmeza: assim, quando você esticar a corda, ele estará contente e com sua força intacta.

O arco não tem consciência: ele é um prolongamento da mão e do desejo do arqueiro. Serve para matar ou para meditar. Portanto, seja sempre claro em suas intenções.

Um arco tem flexibilidade, mas também tem um limite. Um esforço além de sua capacidade vai quebrá-lo ou deixar exausta a mão que o segura. Portanto, procure estar em harmonia com seu instrumento e não exigir mais do que ele pode lhe dar.

Um arco está repousando ou estendido na mão do arqueiro: mas a mão é apenas o lugar onde todos os músculos do corpo, todas as intenções daquele que atira, todo o esforço para o tiro estão concentrados. Portanto, para manter com elegância o arco aberto, faça com que cada parte dê apenas o necessário, e não disperse suas energias. Assim, você poderá disparar muitas flechas sem se cansar.

Para entender seu arco, ele precisa passar a fazer parte de seu braço e ser uma extensão de seu pensamento.

A flecha

A flecha é o intento.

É o que une a força do arco com o centro do alvo.

O intento deve ser cristalino, reto, bem equilibrado.

Uma vez que ela parte, não voltará, então é melhor interromper um tiro — porque os movimentos que o levaram até ele não estavam precisos e corretos — a agir de qualquer maneira, só porque o arco já estava retesado e o alvo estava esperando.

Mas jamais deixe de soltar a flecha se a única coisa que o paralisa é o medo de errar. Se fizer os movimentos corretos, abra sua mão e solte a corda. Mesmo que ela não atinja o alvo, você saberá corrigir sua pontaria da próxima vez.

Se não arriscar, jamais saberá quais mudanças eram necessárias.

Cada flecha deixa em seu coração uma lembrança — e é a soma dessas lembranças que o fará disparar cada vez melhor.

O alvo

O alvo é o objetivo a ser alcançado.

Foi escolhido pelo arqueiro, mas está distante, e não podemos jamais culpá-lo quando não é atingido. Nisso reside a beleza do caminho do arco: você não pode jamais se desculpar, dizendo que o adversário era mais forte.

Foi você que escolheu seu alvo e é responsável por ele.

O alvo pode ser maior, menor, estar à direita ou à esquerda, mas você tem sempre de se colocar diante dele, respeitá-lo e fazer com que ele se aproxime mentalmente. Só quando

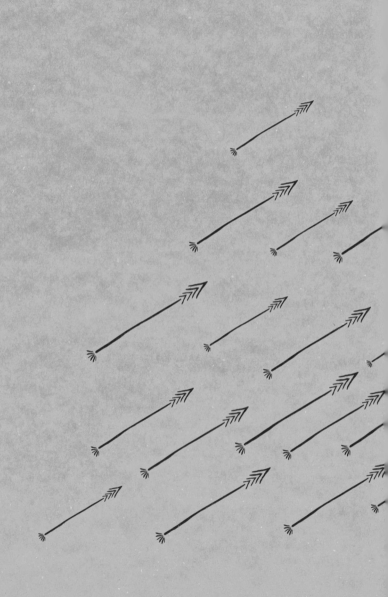

ele estiver na ponta de sua flecha é que você deverá soltar a corda.

Se você olhar o alvo como inimigo, poderá até mesmo acertar seu tiro, mas não conseguirá melhorar nada em você mesmo. Passará sua vida tentando acertar apenas uma flecha no centro de uma coisa de papel ou madeira, o que é absolutamente inútil. E quando estiver com outras pessoas viverá reclamando que não faz nada de interessante.

Por isso, você precisa escolher seu alvo, dar o melhor de si para atingi-lo, e sempre olhá-lo com respeito e dignidade: precisa saber o que ele significa e quanto custou do seu esforço, do seu treinamento, da sua intuição.

Ao olhar o alvo, não se concentre apenas nele, mas em tudo o que acontece ao seu redor: porque a flecha, ao ser disparada, vai se encontrar com fatores que você não conta, como o vento, o peso, a distância.

Você deve entender o alvo. Precisa se perguntar constantemente: "Se sou o alvo, onde estou? Como gostaria de ser atingido, de modo a dar ao arqueiro a honra que ele merece?".

Porque um alvo só existe na medida em que o arqueiro existe. O que justifica sua existência é o desejo do arqueiro de atingi-lo — ou ele seria uma coisa morta, um pedaço de papel ou madeira, em que ninguém prestaria atenção.

Assim, da mesma maneira que a flecha busca o alvo, o alvo também busca a flecha, porque é ela que dá sentido à sua existência: já não é mais o papel, mas o centro do mundo de um arqueiro.

A postura

Uma vez entendendo o arco, a flecha e o alvo, é preciso ter serenidade e elegância para aprender a prática do tiro.

A serenidade vem do coração. Embora muitas vezes torturado por pensamentos de insegurança, ele sabe que — através da postura correta — irá conseguir o melhor de si.

A elegância não é uma coisa superficial, mas a maneira como o homem encontrou de honrar a vida e seu trabalho. Por isso, quando às vezes você sentir que a postura o está incomodando, não pense que ela é falsa ou artificial:

ela é verdadeira porque é difícil. Ela faz com que o alvo se sinta honrado pela dignidade do arqueiro.

A elegância não é a postura mais confortável, mas a postura mais adequada para que o tiro seja perfeito.

A elegância é atingida quando todo o supérfluo é descartado e o arqueiro descobre a simplicidade e a concentração: quanto mais simples e mais sóbria a postura, mais bela ela será.

A neve é bonita porque tem apenas uma cor, o mar é bonito porque parece uma superfície plana — mas tanto o mar quanto a neve são profundos e conhecem suas qualidades.

Como segurar a flecha

Segurar a flecha é estar em contato com a sua intenção.

É preciso olhar todo o seu comprimento, ver se as plumas que guiam seu voo estão bem colocadas, verificar a ponta, ter certeza de que ela está afiada.

Certificar-se de que está reta, se não foi curvada ou danificada por um tiro anterior.

A flecha, como sua simplicidade e leveza, pode parecer frágil — mas a força do arqueiro faz com que ela consiga carregar para longe a energia do seu corpo e da sua mente. Conta a lenda que uma simples flecha já foi capaz de afundar um navio porque o homem que a atirou sabia onde estava a parte mais fraca da madeira, e assim abriu um buraco que fez com que a água penetrasse sem ruído no porão, destruindo a ameaça dos invasores de sua aldeia.

A flecha é a intenção que deixa a mão do arqueiro e parte em direção ao alvo, portanto, ela é livre em seu voo, e irá seguir o caminho que lhe foi destinado no momento do tiro.

Será tocada pelo vento e pela gravidade, mas isso é parte do seu percurso: uma folha não deixa de ser folha só porque uma tempestade a arrancou da árvore.

Assim é a intenção do homem: perfeita, reta, afiada, firme, precisa. Ninguém consegue detê-la enquanto cruza o espaço que a separa do seu destino.

Como segurar o arco

Tenha calma e respire profundamente.

Todos os movimentos estão sendo notados pelos aliados, que o ajudarão no que for necessário.

Mas não se esqueça de que o adversário também está observando e conhece a diferença entre a mão firme e a mão trêmula: portanto, se estiver tenso, respire fundo, pois isso o ajudará a se concentrar em todas as etapas do tiro.

No momento em que você segura seu arco e o dispõe — com elegância — diante do corpo, procure rever mentalmente cada etapa que o levou a preparar o disparo. Mas faça isso sem tensão, porque é impossível ter todas as regras na cabeça: e com o espírito tranquilo, à medida que revê cada etapa, vai se dar conta dos momentos mais difíceis e de como os superou.

Isso lhe dará confiança e sua mão não tremerá mais.

Como estender a corda

O arco é um instrumento de música, e é na corda que seu som se manifesta.

A corda é grande, mas a flecha a toca apenas em um pequeno ponto, e é nesse ponto que toda a sabedoria e experiência do arqueiro deve estar concentrada.

Se ele se inclinar um pouco para a direita ou um pouco para a esquerda, se esse ponto estiver acima ou abaixo da linha de tiro, o objetivo jamais será alcançado.

Portanto, ao estender a corda, seja como o músico que toca seu instrumento. Na música, o tempo é mais importante que o espaço: um bando de notas dispostas em linha não quer dizer nada, mas aquele que lê o que ali está escrito consegue transformar essa linha em sons e compassos.

Assim como o arqueiro justifica a existência do alvo, a flecha justifica a existência do arco: você pode lançar uma flecha com a mão, mas um arco sem flecha não tem nenhuma utilidade.

Portanto, quando abrir os braços, não pense que está esticando o arco. Pense que a flecha é o centro, imóvel, e você está fazendo com que o arco e a corda se aproximem de suas extremidades, tocando-a com cuidado, pedindo que coopere com você.

Como olhar o alvo

Muitos arqueiros se queixam de que, apesar de praticarem por anos a arte do tiro, ainda sentem o coração disparar de ansiedade, a mão tremer, a pontaria falhar. Eles precisam entender que um arco ou uma flecha não podem mudar nada, mas a arte do tiro faz com que nossos erros sejam mais evidentes.

No dia em que você estiver sem amor pela vida, seu tiro será confuso, complicado. Verá que está sem força suficiente para esticar ao máximo a corda, que não consegue fazer o arco se curvar como deve.

E ao ver que seu tiro é confuso naquela manhã, vai tentar descobrir o que provocou tamanha imprecisão: isso fará com que enfrente um problema que o incomoda, mas que até então se encontrava oculto.

O contrário também acontece: seu tiro é seguro, a corda soa como o instrumento musical, os pássaros cantam ao redor. Então você percebe que está dando o melhor de si.

Entretanto, não se deixe levar pelos tiros da manhã, sejam eles precisos ou inseguros. Ainda existem muitos outros dias pela frente, e cada flecha é uma vida.

Aproveite os maus momentos para descobrir o que o faz tremer. Aproveite os bons momentos para encontrar seu caminho até a paz interior.

Mas não pare por temor nem por alegria: o caminho do arco é um caminho sem fim.

O momento de disparar

Existem dois tipos de tiro.

O primeiro é aquele que é dado com precisão, mas sem alma. Nesse caso, embora o arqueiro tenha um grande domínio da técnica, ele se concentrou exclusivamente no alvo — e por causa disso não evoluiu, tornou-se repetitivo, não conseguiu crescer, e um dia vai deixar o caminho do arco, porque acha que tudo se transformou em rotina.

O segundo tiro é o que é dado com a alma. Quando a intenção do arqueiro se transforma no voo da flecha, sua mão se abre no momento certo, o som da corda faz os pássaros cantarem, e o gesto de atirar alguma coisa à distância provoca — paradoxalmente — um retorno e um encontro consigo mesmo.

Você sabe o esforço que custou para abrir o arco, respirar direito, se concentrar em seu objetivo, ter clara sua intenção, manter a elegância da postura, respeitar o alvo. Mas precisa também compreender que nada neste mundo fica conosco por muito tempo: em um dado momento, sua mão deverá se abrir e deixar que sua intenção siga o seu destino.

Portanto, a flecha precisa partir, por mais que você ame todos os passos que o levaram até a postura elegante e a intenção correta, e por mais que você admire suas plumas, sua ponta, sua forma.

Mas ela não pode sair antes de o arqueiro estar pronto para o disparo, porque seu voo seria pequeno. Ela não pode sair depois de se ter atingido a postura e a concentração exatas, porque o corpo não resistiria ao esforço e a mão começaria a tremer.

Ela precisa partir no momento em que o arco, o arqueiro e o alvo se encontram no mesmo ponto do universo: isso é chamado de inspiração.

A repetição

O gesto é a encarnação do verbo: ou seja, uma ação é um pensamento que se manifesta.

Um pequeno gesto nos denuncia, de modo que temos de aperfeiçoar tudo, pensar nos detalhes, aprender a técnica de tal maneira que ela se torne intuitiva. Intuição nada tem a ver com rotina, mas com um estado de espírito que está além da técnica.

Assim, depois de muito praticar, já não pensamos em todos os movimentos necessários: eles passam a fazer parte de nossa própria existência. Mas para isso é preciso treinar, repetir.

E como se não bastasse, é preciso repetir e treinar.

Observe um bom ferreiro trabalhando o aço. Para o olhar destreinado, ele está repetindo as mesmas marteladas.

Mas quem conhece o caminho do arco sabe que, cada vez que ele levanta o martelo e o faz descer, a intensidade do golpe é diferente. A mão repete o mesmo gesto, mas, à medida que se aproxima do ferro, ela compreende se deve tocá-lo com mais dureza ou com mais suavidade.

Assim é com a repetição: embora pareça a mesma coisa, ela é sempre distinta.

Observe o moinho. Para quem olha suas pás apenas uma vez, ele parece girar com a mesma velocidade, repetindo sempre o mesmo movimento.

Mas aquele que conhece os moinhos sabe que eles estão condicionados pelo vento e mudam de direção sempre que necessário.

A mão do ferreiro foi educada depois que ele repetiu milhares de vezes o gesto de martelar. As pás do moinho são capazes de mover com velocidade depois que o vento soprou muito e fez com que suas engrenagens ficassem polidas.

O arqueiro permite que muitas flechas passem longe de seu objetivo, porque sabe que só vai aprender a importância do arco, da postura, da corda e do alvo depois que repetir seus gestos milhares de vezes, sem medo de errar.

E os verdadeiros aliados jamais o criticarão, porque sabem que o treinamento é necessário, é a única maneira de aperfeiçoar seu instinto e seu golpe.

Até que chega o momento em que não é mais preciso pensar no que se está fazendo. A partir daí, o arqueiro passa a ser seu arco, sua flecha e seu alvo.

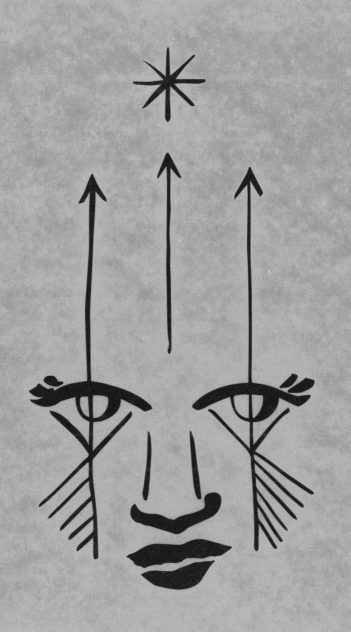

Como observar o voo da flecha

Uma vez que a flecha foi disparada, já não há mais nada que o arqueiro possa fazer, a não ser acompanhar o seu percurso em direção ao alvo. A partir desse momento, a tensão necessária para o tiro já não tem mais razão de existir.

Portanto, o arqueiro mantém os olhos fixos no voo da flecha, mas seu coração repousa e ele sorri.

A mão que soltou a corda é empurrada para trás, a mão do arco faz um movimento de expansão, o arqueiro é forçado a abrir os braços e a enfrentar, de peito aberto, o olhar de seus aliados e de seus adversários.

Nesse momento, se treinou o bastante, se conseguiu desenvolver seu instinto, se manteve a elegância e a concentração durante todo o processo do disparo, ele sentirá a presença do universo, e verá que sua ação foi justa e merecida.

A técnica faz com que as duas mãos estejam prontas, que a respiração seja precisa, que os olhos possam fixar o alvo. O instinto faz com que o momento do disparo seja perfeito.

Quem passar por perto e vir o arqueiro de braços abertos, com os olhos acompanhando a flecha, vai achar que está parado. Mas os aliados sabem que a mente de quem fez o disparo mudou de dimensão, está agora em contato com todo o universo: ela continua trabalhando, aprendendo tudo o que aquele disparo trouxe de positivo, corrigindo os eventuais erros, aceitando suas qualidades, esperando para ver como o alvo reage ao ser atingido.

Quando o arqueiro estica a corda, pode ver o mundo inteiro dentro de seu arco. Quando acompanha o voo da flecha, esse mundo se aproxima dele, acaricia-o e faz com que tenha a sensação perfeita do dever cumprido.

Cada flecha voa de maneira diferente. Atire mil flechas, cada uma vai lhe mostrar um percurso distinto: esse é o caminho do arco.

O arqueiro sem arco, sem flecha, sem alvo

O arqueiro aprende quando esquece as regras do caminho do arco, e passa a agir baseado apenas em seu instinto. Mas para esquecer as regras é preciso saber respeitá-las e conhecê-las.

Quando ele atinge esse estado, já não precisa dos instrumentos que o fizeram aprender. Já não precisa do arco, nem das flechas, nem do alvo — porque o caminho é mais importante do que aquilo que o levou a caminhar.

Da mesma forma acontece com o aluno que está aprendendo a ler, chega o momento em que se liberta das letras isoladas e passa a criar palavras com elas.

Entretanto, se as palavras estivessem todas unidas, elas não fariam sentido, ou complicariam muito o seu entendimento: é necessário que existam espaços entre as palavras.

É necessário que, entre uma ação e a próxima, o arqueiro relembre tudo o que fez, converse com seus aliados, descanse e fique contente com o fato de estar vivo.

O caminho do arco é o caminho da alegria e do entusiasmo, da perfeição e do erro, da técnica e do instinto.

Mas você só irá aprendê-lo à medida que for atirando suas flechas.

Quando Tetsuya parou de falar, já estavam na porta da carpintaria.

— Obrigado pela companhia — disse ao rapaz.

Mas este não se moveu.

— Como posso saber se estou agindo certo? Como terei certeza de que tenho o olhar concentrado, a postura elegante e o arco seguro de maneira correta?

— Mentalize a ideia de um mestre perfeito sempre ao seu lado, e faça tudo para reverenciá-lo e honrar seus ensinamentos. Esse mestre, que muitos chamam de Deus, outros chamam de "a coisa", outros chamam de talento, está sempre ali nos olhando. Ele merece o melhor.

"Lembre-se também de seus aliados: você precisa apoiá-los porque eles o ajudarão nos momentos em que estiver precisando. Procure desenvolver o dom da bondade: esse dom lhe permite estar sempre em paz com o seu coração.

Mas sobretudo não esqueça: o que lhe falei são talvez palavras inspiradas, mas só terão sentido se você experimentá-las.

Tetsuya estendeu a mão para se despedir, mas o rapaz pediu:

— Só mais uma coisa: como foi que aprendeu a atirar?

Tetsuya refletiu um pouco: valia a pena contar? Mas como aquele tinha sido um dia especial acabou abrindo a porta de sua oficina.

— Vou preparar um chá. E vou contar a história. Mas você terá de prometer a mesma coisa que eu pedi ao estrangeiro: jamais comentar com ninguém sobre a minha habilidade.

Entrou, acendeu a luz, tornou a envolver seu arco com a longa tira de couro e guardou-o em um lugar discreto: se alguém o achasse por acaso, iria pensar que era apenas um pedaço de bambu retorcido. Foi até a cozinha, preparou o chá, sentou-se com o rapaz e começou sua história.

— Eu trabalhava para um grande senhor das redondezas: era encarregado de cuidar de seus estábulos. Mas como o senhor viajava sempre, e meu tempo livre era enorme, resolvi me dedicar ao que considerava a verdadeira razão de viver: bebida e mulheres.

"Um belo dia, depois de várias noites em claro, senti uma vertigem e caí no meio do campo. Achei que fosse morrer e me entreguei. Mas um homem que eu jamais tinha visto passou pela estrada, me amparou, me levou até a sua casa — em um lugar muito distante daqui — e cuidou da minha saúde durante meses seguidos. Enquanto repousava, eu o via todas as manhãs ir para o campo com o seu arco e as suas flechas.

"Quando me senti recuperado, pedi que me ensinasse a arte do arco — era muito mais interessante que cuidar de cavalos. Ele me disse, entretanto, que minha morte tinha se aproximado muito, e agora não podia fazê-la recuar: ela estava a dois passos de mim, eu já havia causado muito dano ao meu corpo físico.

"Se eu quisesse aprender, era apenas para que minha morte não me tocasse.

"Um homem de um país distante, do outro lado do oceano, havia lhe ensinado que era possível desviar por algum tempo o caminho até o precipício da morte. Mas no meu caso, pelo resto de meus dias, eu precisava ter consciência de que estava caminhando à beira desse abismo, e podia cair nele a qualquer momento.

"Então ele me ensinou o caminho do arco. Apresentou-me aos seus aliados, me obrigou a participar de competições, e logo minha fama se espalhou por todo o país. Quando viu que eu já tinha aprendido o suficiente, retirou minhas flechas, meu alvo, deixando apenas o arco como lembrança. Disse que eu usasse todos aqueles ensinamentos para fazer algo que realmente me enchesse de entusiasmo.

"Eu comentei que a coisa de que mais gostava era a carpintaria. Ele me abençoou, pediu que eu partisse e me dedicasse ao que eu gostava de fazer, antes que minha fama como arqueiro acabasse por me destruir ou me levasse de volta à vida antiga.

"Desde então, travo todos os segundos uma luta contra os meus vícios e a minha autopiedade. Preciso estar concentrado, manter a calma, fazer com amor o trabalho que escolhi e jamais ter apego ao momento presente. Porque a morte continua ainda muito próxima, o abismo está ao lado e eu caminho pela sua borda."

Tetsuya não disse que a morte está sempre perto de todos os seres vivos: o rapaz era ainda muito jovem e não precisava ficar pensando nisso.

Tetsuya tampouco disse que cada etapa do caminho do arco estava presente em qualquer atividade humana.

Apenas abençoou o rapaz, da mesma maneira como tinha sido abençoado há muitos anos, e pediu que fosse embora, porque tinha sido um longo dia e ele precisava dormir.

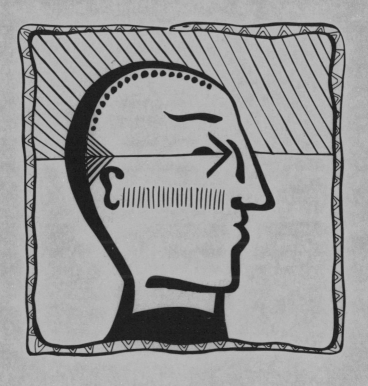

Agradecimentos

Eugen Herrigel, pelo livro *A arte cavalheiresca do arqueiro Zen* (Editora Pensamento).

Pamela Hartigan, diretora-geral da Schwab Foundation for Social Entrepreneurship, por descrever as qualidades dos aliados.

Dan e Jackie DeProspero, pelo livro sobre Onuma-san, *Kyudo* (Budo Editions).

Carlos Castaneda, pela descrição do encontro da morte com o nagual Elias.

Sobre o autor

Nascido em 1947, no Rio de Janeiro, PAULO COELHO atuou como dramaturgo, jornalista e compositor, antes de se dedicar à literatura. É considerado um fenômeno literário, com sua obra publicada em mais de 170 países e traduzida para 84 idiomas. Juntos, seus livros já venderam 230 milhões de exemplares em todo o mundo.

TIPOGRAFIA Adriane por Marconi Lima
DIAGRAMAÇÃO Osmane Garcia Filho
PAPEL Pólen Bold, Suzano S.A.
IMPRESSÃO Geográfica, julho de 2023

A marca FSC® é a garantia de que a madeira utilizada na fabricação do papel deste livro provém de florestas que foram gerenciadas de maneira ambientalmente correta, socialmente justa e economicamente viável, além de outras fontes de origem controlada.